JN161856

原爆句抄

魂からしみ出る涙

序にかえて

荻原井泉水

魂からしみ出る涙

長崎というところに私が遊んだのは三度目である。はじめは昭和三年。「層雲」の誌友として、敦之《あつゆき》が入門したころ。彼にもはじめて会った。わたしの宿に枇杷をもってきてくれたことを覚えている。その後、彼は句作に精進しはじめた。彼らしい個性のある句の見えてきたのは昭和十年ごろ。「層雲作品選・第一」にある。

人一人灰にして一かたまりになってもどる
恰好の骨壷の値段

人生無常に対する感傷的な、そして人間生活における虚無感さえもうかがわれる。その当時すでに上海事変ははじまっていたのだが、これが大東亜戦争となり、遂に昭和廿年八月、原子爆弾がまず広島におち、つづいて九日、長崎におちたことは今さら言うまでもない。

その日、敦之の勤め先は、爆弾の落ちた中心地には遠かったので、彼自身は無事だったが、彼の家はメチャクチャになった。彼がそこに駈けつけたとき、四人の子のうちの二人は爆死し、妻とあと二人の子は重傷を負って倒れていた。

炎天、子のいまわの水をさがしにゆく
この世の一夜を母のそばに、月がさしているかお

「この世の一夜」というのは、その幼い子も死んだからである。で、

ほのお、兄をなかによりそうて火になる

そして、やがて妻も瞑目する。つまり彼はそのとき子供三人と妻と四人を失ったのだ。

なにもかもなくした手に四まいの爆死証明

遺体は火葬場にもって行くいとまもなく、その収容力もなかろうから、現場において処理するよりしかたがあるまい。

かぜ、子らに火をつけてたばこ一本

「爆死証明」の紙片と「たばこ一本」の煙と、在来も彼自身の心の中にあった虚無感というものが虚無的な実在感として強くうち出されているではないか。

然しこのとき、彼には彼自身という実在とともに娘一人が生き残って彼の側にいた。彼はまず焼原の中に二人の住むところを作らなければならない。

蕎麦の花ポツリと建てて生きのこっている
配給通帳、しんじつふたりとなりました
萩さくははのもの着てつまに似てくる

…………………………

わたしが二度目に長崎を訪ねたのは、終戦後四年の昭和二十四年十月だった。迎えてくれたのは富岡草児と故松本十返花。敦之はここには居なかった。

それからまた十六年。こんど、私が三たび長崎にきたとき、敦之は私のホテルに、車をもって迎えにきてくれた。その車で私達はまず市の北端にある浦上へ行った。その途中、私が「原爆記念句碑というものが建ったそうだから、それを見たい」と言ったので、そこで車が止められた。それは浜口町という電車の停留場の近くの十間道路の道端だ。「橋のたもとに建てたということを長崎新聞で見たようにおもうが……」と私が言うと「そうです、下の川橋という橋はあるのですが、道路に舗装しつめられてしまったので……」と敦之は苦笑する。大道路は自動車がたえず疾走するので、ゆっくりと立ちどまって見ているのも不安なほどなのだが……。

そこにぽつねんと大きな墓の形をした長方形の石に「原爆句碑」と題額（長崎県知事佐藤勝也書）を書き、その下に、十二人の句が書かれている。敦之の句のほかの句は、当時爆撃にあった人の作か、或は単に原爆を取材とした作であるか、分らないが、おおむね定型の句だ。句の下に、「昭和三十六年八月建之、長崎県俳句協会」と横に記されている。句碑に並んで、地蔵菩薩を刻した小さな石塔がある。右に「為有縁無縁各霊菩提也」左に「昭和廿七年吉祥縁日建之」。これには菊とナデシコとが供えてある。年記で見ると、このほうが凡そ十年も早くここに建ててあったらしいが、原爆に依る慰霊塔としてはあまりにささやかであるし、それをこの地点に建てたことは何か縁があるのだろうか。この地蔵仏があるのに因って、原爆句碑をこのお隣りに建てたというわけなのだろうか。句碑の傍には細いマキの木が一本あるだけ。大道路の向い側には小公園らしい緑が豊かであり、ツツジなどもさいているのに、それとは反対の、電車線路のそば、その下には汽車のレールもある、この埃りっぽい処が選ばれたのは、ヨソから来たものには少々心得がたい気もするが……。

さて、句碑には敦之の作が最初の行に刻されている――

なにもかもなくした手に四枚の爆死証明

上にあげた句である。此の句は「屠雲」第二十三句集の中にあり、また句集後記には、当時の層雲習作欄に「原子爆弾の跡」という題をつけて掲載した、そのまま十句を載せてある。以上すでに五句を挙げたが、そのほかの五句は

こときれし子をそばに、木も家もなく明けてくる（二児爆死）
すべなし地に置けば子にむらがる蠅
外には二つ、壕の内にも月さしてくるなきがら（長男亦死す）
まくらもと子を骨にしてあわれちちがはる
降伏のみことのり、妻をやく火いまぞ熾りつ（八月十五日）

そのときの敦之の気持は、涙も涸れてしまったのちに魂からしみ出る涙であり、嘆息する息もとまったのちの嘆きの息である。言葉として人に語る言葉ではなく、己れが己れに言いふくめるほかはなき言葉である。これこそ正しい意味の詩、ほんとうの

意味の句なのである。そしてやはりその意味で、この気持は短歌でも書けず、また定型俳句でも書けない、自由律俳句の特有の力強いリズムではないかと思う。もっともこれは極めて異常な体験であって、今後二度とこのような体験があってはならないものだ。だから、このように鬼気人に迫る句というものは、この敦之の作あって以来、ふたたび「層雲」にあらわれないことも当然であろう。だが、大戦後の日本人の生活が〝平和〟ということをモットーとして、現在はあまりにも〝平和ムード〟にひたりきって、昔の人の口吻をもってすれば〝安逸〟〝惰眠〟〝優柔〟の生活におぼれているのではないかということが反省されねばならないとともに、われわれの自由律俳句もまた、あまりに平和ムードにひたって、そのリズムが〝繊弱〟〝耽美〟に流れているのではないか――ということは反省せられるべきことだと思われる。

わたしたちを乗せた車は、それから原爆中心地たる浦上に着いた。かつて爆破された天主堂のあとには、新しく明るき天主堂が出来ていたが、車はそこにつけられずに、〝長崎国際文化会館〟という六階建の美しい近代的なビルディングの前でおろされた。

――「長崎国際文化会館は七万有余の原爆犠牲者の霊を慰めるため、〈供養塔〉として浦上の原子野に建設されたもの……」と説明されている。――いわゆる〈供養塔〉とは、近代的なセンスとして、このように通念せらるべきものなのであろうか。私はこの宏壮な建物を仰ぎながら、「昭和三十年二月に竣工をみた近代建築の代表的なもの……」という説明文をつづけて読んだ。そして、館内にはいった。一階には大きな地球儀が据えてある。世界平和を意味するためのものだと説明されている。二階は会議室と結婚式場、三階四階は県下の古美術品展観という。すっとエレベーターで通りすぎて、六階でおりると、そこに原爆資料がさまざまと展示されていた。

原爆被害の詳細なるデータ及び科学的に分析された資料はそれぞれに貴重なものであるが、わたしの目をひいたものは、原爆による火災で変形したビール壜（中心地より四百米の地点にあったもの）、また、六本が一本に熔けあった壜、などである。他に観ている人たちも、やはりこうしたものに、悲痛なる実感を具体的に味わっているらしい。また、放射能熱線を受けた醬油徳利（倉庫内にあったため、これだけが原形をとどめている――長崎市大橋町深堀商店と文字もそのまま）はいかなる非常事態の中にあっても、凡そ物の生命の強さということを感じさせるのだった。

そこで、思うに、敦之の原爆体験の句というものも、このビール壜のようなものではないか。あの八月九日に受けた恐ろしく悲惨なる事実の残骸として、敦之の句は、じつに微小なる言葉の表現にすぎない。だが、この微小なるものこそ、原爆体験をまざまざと示すところの記念品として何よりも、人の心に訴えるものなのではあるまいか。上にも挙げたが――

配給通帳、しんじつふたりとなりました

この句には「深堀商店」と墨痕あざやかに残っている醤油徳利の生命の強さをおもわせるのだ。それから二十年を経たのち、彼は、一時、信州に転居していたものの、今また郷里の長崎に帰って一家を構えている。三人の子供を失い、その母たる妻も失ったのだけれども、今は新しい別の意味においての「しんじつふたりとなりました」として、その後、コドモには恵まれないけれども、二人だけのつつましく平和な生活をしているのである。

原爆句抄＊もくじ

原爆句抄

後列左から海人、みち子
前列左から宏人、由紀子

原爆句抄

花びらのような骨

昭和20年〜22年

昭和二十年

八月九日被爆、二児爆死、四才、一才、翌朝発見す

ことされし子をそばに、木も家もなく明けてくる

すべなし地に置けば子にむらがる蠅

長男また死す、中学一年

炎天、子のいまわの水をさがしにゆく

この世の一夜を母のそばに、月がさしているかお

外には二つ、壕の内にも月さしてくるなきがら

自ら木を組みて三児を焼く

とんぼう、子を焼く木をひろうてくる
かぜ、子らに火をつけてたばこ一本
ほのお、兄をなかによりそうて火になる

翌朝、子の骨を拾う

朝霧きょうだいよりそうたなりの骨で

あわれ七ケ月のいのちの、はなびらのような骨かな

まくらもと子を骨にしてあわれちちがはる

子の母も死す、三十六才

くりかえし米の配給のことをこれが遺言か

なにもかもなくした手に四まいの爆死証明

妻を焼く、八月十五日

炎天、妻に火をつけて水のむ

降伏のみことのり、妻をやく火いまぞ熾りつ

重傷の長女をみとり夏より冬に至る

配給通帳、しんじつふたりとなりました

萱に日の照るながいこと笑わない

葉をおとした空が、夏からねている
萩さくははのもの着てつまに似てくる
たよりなげな陰のうす毛も、母のない子

虫なく子の足をさすりしんじつふたり

やっといらなくなった氷嚢を軒に、秋雲

歩きならせてきようは橋まで、あめんぼう

蕎麦の花ポツリと建てて生きのこっている

佐々へ移る、配給の茶碗などふろしきに包みて

身を寄せにゆくふたりなら皿も二まい

昭和二十一年

農家の納屋の二階に住む

ひなた、箱の底うちたたき米びつに貰う

部屋の隅すこし暗く七輪と野菜雪の日

はちまききりりと敗けても田は鋤く

遺骨胸にかけたるも、春雨の平戸へ渡る人達

長崎にて、墓参

つまよまたきたよおまえのすきなこでまりだよ

焼けたからたちも芽を、よく子を抱いた道

娘を長崎にのこす

梅さく町に子をのこしてもどり梅さく

山村独居

一人十日分の米のかるく道のスミレ

つぎつぎに亡き子の誕生日が、茂りくる
たべられるくさをつんでいるなつのふかいかげのなか
あらってふせて虫なくひとりのちゃわん

ひさしぶりゆめにきたつまにいいわすれたこと

かれあし正月の餅はふろしきにもろうてある

雲よ日がおちたところで日がくれる

昭和二十二年

ひとり年あけてくるくどの前うずくまり

梅がさいたこともひとりぐらしのひとりごと

長女入院、ケロイドの植皮手術

どこにいても親一人子一人の、病室月のさす

熱もどうやらあけがたの雲がうごいている

病院からちよいと買物に、トマトがでてきた

病院のまどまどともりころもがえの季節

長崎にて

なつくさ子の跡とむろうてかえりの氷水で

今はもうたびびととして長崎の石だたみ秋の日

仰ぐにも戦争の遠いおもい西海法窟の額と秋ぐも

墓の前おまえが見ているような、落葉をはく

のぎくわたしよりほかおもうものないおまえの日である

まわせばまわるどんぐりごまのかえらぬゆめ

原爆句抄

信州で新たな暮らし

昭和23年〜

昭和二十三年

再婚、信州に移る。以後帰郷まで原爆にかかわる句なし。

生々流転、しなののくにの落葉である

移りきて、しなののくにの稲こきの音である

仏にごはんをあげけさ山に雪がきた蔵の二階

つららふとらせてこのくににすみついている

ゆきのはらゆきのやねおじぞうさん

ゆきのなかたいこどんどこどんどがはじまる

雪のふくらんでいるところがふきのとう

よごれた子がたこをあげている善光寺へ五里

姨捨山からだんだん畑の雪が春となる

原爆句抄

長崎帰郷

昭和40年〜46年

昭和四十年

花の雨が散り時パウロ永井隆ここに眠る

うでのケロイドも二十年ことしの夏となる

白血球どうやら足りて夏来にけらし

後にのこって生きているゆえに墓の草をぬく

八月九日、師より夏書送り来る

花はうちの桔梗に先生の夏書きようとどく

今日トンボむれて仔細なし原爆をおとした空
空にはとんぼういつまでも年とらぬ子が瞼の中
平和祈念像のうしろ雲が湧くキノコ雲ならず

街は夾竹桃の季節ことしも平和をとなえて行進する

掘り出して無疵な使徒の像仔羊を抱く

つわぶきふと見る墓石のこれにも原爆の日付

時を違わずもみじすると見て通る子の墓のある山

墓の苔うつくし生きていればいくつになるか

去り難いのではない子の墓の落葉を燃やす

うちの正月に子の墓の梅の一枝もらう

この世に生存していた事実、石一つ置く

石と、石にそなえた水と、人間関係

世に信ずるものとては、石を撫す

昭和四十一年

ここに三人の子を眠らせて若葉雲湧くごとし

あつい日子の墓に水をそそぐすぐかわく

子の墓なら水むぞうさにどっさりそそぐ

墓石に水を、母と子の名ならんで濡れる

命日は母も子も同じ日の墓石のその日も暑かりし

旱り、子にそそぐ水を墓前の木にも

子の墓に落ちているナギの実と教えようもの

空と山と、その日そのままその時刻近づく

キノコ雲立ちし空に今日雲なきを平和とす

遠いどよめきは平和を叫ぶか子よ静かに眠れ

ここら爆心地か原爆の跡から育った木の下汗ふく

原爆で身寄りなし原爆公園の草をぬく仕事

白血球三〇〇〇今や業として耐えんとす夏

細腕で生きぬきし母腕のケロイドを隠さず

ケロイドからは汗も出ないもの炎天はたらく

子の墓から見えて幼稚園遊戯秋の日

天主堂再建

復興の証しキリストふたたび十字架にかかる

冬あざやかなバラ若くして主に召されし

昭和四十二年

正月には正月の花をもち墓に子がいる

人知らず被爆者として公園の花を掃く

原爆検診の列ですみんな年とりました

被爆者とよばれおのが尿のビーカーをもつ

わが傷はわが舐めるほかなしけもののごとく

子の墓へうちの桔梗を、少し買いそえて持つ

子の墓、吾子に似た子が蟬とっている

原爆で地におちた天使は石として萩さく

炎天、原爆許すまじと若者のうたう

炎天の一つの旗と、旗が動けば動く一団の人々

原爆の日がすぎるとまたひっそりつくつくぼうし

昭和四十三年

雪の日は斯く頭に雪をのせている子の墓

閼伽の氷がとけると空、子の墓に春が来る

平和祈念像のゆびさす空なり花曇りなり

原爆をおとした空が花をふらしている

酔うて歌うて花の下子が命果てしあたり

祈り、空の色も花のいろも絵硝子の中にして

被爆者検診

今年もここに列をつくる手に手に尿を持ち

炎天の列、被爆者として待つことに馴れている

子の墓の頭に手をおく暑き日はあつし

子の墓の草抜く時のシャツ墓にぶっかけておく

子の墓を洗う日でりの乏しき水をおしまず

平和祈念式典

その時鳩を放つ忽ち消ゆ原爆が落ちた天の一角

平和の鳩を放つ一羽離れしいずこに行くや

被爆者はかなし炎天の下大臣の代読をきく

ここにいのちあまた失われしと石一つ置く

雨にぬれる色も原爆に灼けし石として遺す

子の跡弔いにゆくじゆずとむぎわらぼうしと

どこまでいっても亡き子にあわない道をゆく

このかなしき空は底ぬけの青、子供がえがく

頼もし母のケロイドのいわれを知る年となる

原爆のケロイドをもつ母を母とし、あまえたし

のぎくの真実、信ずるほかに仔細なきなり

原爆病院にて

裸身、照明をあびて俎上の魚となる

意識、麻酔に入る前の時計の針である

みな黙して、ベッドの一つに来た死を見ている

看護婦冷静、髭をそり指を組ませて仏とする

読みさして仏さんになってしもうた本です

仏の所持品ベッドの下の靴を忘れず

仏さんになって帰るあとについて帰る

昭和四十四年

仏へ雪朝の鉦の音よろし良きことあるべし

性来の無器用な手つき仏へ花を挿す

大津、芭蕉の墓に詣る

「沖縄を返せ」義仲寺門前一時騒然と通る

わが歌は繰返す蓄音機の擦り切れた歌で

とんぼう一つ空をゆく死におくれたるなり

子の墓

石になってとんぼうとまらせている

石の上木の実をのせて石の下人ねむる

子よ父は老いたり暑き日の墓の草引き残す

墓の子に供えわれもののみ暑き日の甘露なるかな

暑さ子のゆきし日の暑さとして耐えんとす

テレビ放送

疲れ、子の死を語りおわったドーランを落とす

昭和四十五年

白雲去来、平和像の指さす空がその時刻となる
原爆二十五年

原爆ではない花火からひらひらおちてくる旗

原爆をおとした天へ頭を垂れて祈る人たち

大臣代理の代読、聞く被爆者は本物である

平和宣言、そのときキノコ雲のごとき雲湧く

いのちあり遇うて立ちばなしして別れる

青天へ噴く、子のいまわに求めて得ざりし水

涼しピアノの音このあたり爆心地です

涯しなきいっぽんの道行きてかえらざる
あみかけのあみものをおき行きてかえらぬ人
一人を負うて一人をひいて母よ今どこをゆく

二十五年、あの朝子と手をふって別れたまま

亡き子と蟬とりし森もとどおり茂り蟬なく

いまは子にしてやれることとただ墓の草ぬく

いのち残りすくなし子の墓の草丹念に引く

今こそたっぷり水を、炎天に果てし子なり

涙かくさなくともよい暗さにして泣く

わが悲しみのゆえに木の葉一まい落ちたか

歳月、悲しみも苦しみもケロイドも萎びている

萎びたケロイドも、原爆で死んだ母の齢になる

人、核アレルギーという膚のケロイドは消えず

原爆の日の次はお盆が来るうちの桔梗

台風一過あかるい月です精霊さんお立ちです

月に潮もかないぬ精霊舟ながすべし

如己堂

原爆それから木は茂りまた落葉する「永井隆」の表札

昭和四十六年

とんぼう風のように流れる空が黙禱の時刻

蟬時雨、武装警官は涼しいところに屯ろす

平和の鳩としていい加減旋回鳩舎へ戻ります

例の通り空へ鳩を放って本年度平和式典終了

夜空、ことさら照明をあてて平和の像とす

子のほしがりし水を噴水として人が見る

山萩しずかなり施設は原爆孤老を収容す

落葉する墓石の外にいるゆえに生きている

おのれ葬りたしわが悲しみ風化する前

原爆句抄

病む日々

昭和47年〜

昭和四十七年

ふうふふたりで所在なし正月二日三日
二人ぐらし

ふうふふたりきりの豆まきのます

雪の雫干し物の雫この女を仕合わせにしたし

二人の小さな家が雪の中殊に小さく見ゆ

貧しさいとしと思う耳たぶに透く日の色

葉がちる、かかるときそばにいる妻というもの

虫なく、女であるゆえに男のそばにいる

盆は茄子の馬つくる妻の古里は遠し

仕合わせというどうみてもかなしい女のうなじ

思うて言わず二人がひとりとなる日のこと

幻想

秋の夜ひとりになった妻と仏になった私と

原爆病院入院

カバン一つ、柿の花おちる頃と見ておく

眼前柿の花おつるも命数と妻には言わず

病室から見ている妻が来る頃の日ざかりの道

老の肌入念にぬぐうてくれる看護婦の若さこそ

心臓の音、時計の音、時は音たてて過ぐ

いのち、時計ならばあさゆうねじをまく

月の句は月の光でしるすベッドにて

句帖ふところに、心に秘めたるものあり

昭和四十八年以降

原爆をおとした空を胸の上に、病んでいる

きょういのちありあすの時計まいておく

鏡の中、死にそこねた顔でわらってみる

いのちあってもどりまつりのあまざけ

その後

なにもない空に石柱一本、原爆の中心とす

ここら爆心の花の下人々酔いしれている

原爆博物館の暗さから出てさくら満開

年々花さき永劫十字架にかかり給う

花すぎると平和像青葉の中から手をあげる

炎の幻想、緑もえたつ爆心の碑なり

平和宣言は空しくきえてゆくばかり高らかに読む

名づけて平和の泉、ただの水として流れてゆく

原爆の話、隅にひっそり坐りケロイドをもつ

さるすべりの花ケロイドの肌の日焼の色かな

爆心の花の下うたげの果ては軍歌となる

きけば石になっている石にあいにゆく

つくつくぼうし吾子はいつも此の墓にいる

年月、ケロイドの皺すなわち老いの皺となる

一つ生きのこるつくつくぼうし声長くなく

年を経たケロイドの色、傷は胸の奥にある

爆死証明書

～日記より～

次男・宏人、妻・千代子

一

「島原半島上空を西進中」

こういうラジオを耳にはさんだ。その日は例によって夜があけるとすぐ、空襲警報が発令され、私達は事務所の裏の崖に掘られた壕の中に、重要書類を運びこんで、長い間じっとしていた。食糧営団の本部であるから、壕の中には電灯もひき、事務もとれるようにしてあったが、水がしたたって湿っぽく、何分せまいので息がつまりそうである。それが、いつものように大村の航空基地を爆撃しただけで、長崎は何の被害もなく、空襲警報が解除されたのは、十時頃であった。私達は解放された喜びで、書類を机の上にひろげ、シャツ一枚になって仕事にとりかかった。立秋らしく晴れわたっているが、八月九日と言えば暑い盛りである。私は用があって十一時頃まで階下ですごし、階段をもどる途中、この「敵機西進中」を聞いたのであった。広島の惨害はよく判らないながら、僅か二機によって四里四方破壊され、死傷七、八万を出した、という程度のことは商売柄知らされてあったので、連日南方から波状攻撃を加えているのに、「西進中」とは、なんとなく異様に感じた。それで、室に入ると、余念なく事務をとっている人達に向って、大声で叫んだ。

「島原半島を西進中と言っている。来るぞ」

言いおわらぬうち、あちこちで半鐘がなりだした。空襲だ。私はあわてて上衣を着ながら、机の上の書類を非常袋に入れる暇があるかしらん、と考えていた。と、そのとき、パッと黄色い光があたりを包んだと思うと、開けてあった窓から、ふわーッと熱いものが流れこんできた。同時にどかーんと、すさまじい音。「伏せ、伏せ」みんなが夢中で叫ぶ。忽ちおそってきた爆風が家全体をゆさぶる。窓ガラスがとぶ、戸棚が倒れる。机の下にじっと身を伏せて、その間何秒たったろうか。振動がやむと、「今のうちに退避だ」互に呼びあいながら、鉄カブト、救急袋を手につかんで駆けだそうとしたが、どこから飛んできたのか、そこらいっぱい、なにやかや積みかさなって、足の踏場もない。土煙が立ちこめて暗い。やっと事務所をぬけだして壕にとびこむ。中は停電している。じめじめした空気の中で、かすかな蠟燭の光で顔を見合せて、あぶないところだったな、どこか近い所に落ちたらしいね、とお互いの無事をよろこんだ。

二

爆弾が落ちたのは浦上であった。長崎の市街は、ひょうたんを左にころがした形である。江戸時代からの古い町は、港を含めて、ひょうたんの大きな尻にあたる。切支丹で有名な浦上は、口の方の半分である。市街のまん中に狭い、くびれた所がある。事務所のある大浦の海岸通から浦上の方を望むと、くびれのあたりから先は火焔につつまれて、全く状況がわからない。そして火はどんどんこちらへ延びてくる。

女学校に貯蔵してある乾パンを非常放出するために、トラックが出るというので、壕の中にこもっているよりも、仕事だと、とび乗って行く。火はますます旧市街の方へ伸びていて、頭の上に火の粉がふってくる。

西山の学校に着くと、倉庫を警備していた営団の人が、私の顔を見るなり、「お嬢さんが怪我をして、ここに来ていますよ」と言う。おどろいて、その室に行くと、居た。

「どうした」と声をかけると、「あ、お父さん」と近寄ってきた。女学校の生徒として動員された彼女は、あらくれた工員の間に伍して、日曜も休日もなく、一途に国のためと、魚雷の製作に従事していた。近頃では過労のために、顔色も青ざめて、親として見るに忍びないやつれ方であった。暫く休んで養生するように言っても、純真な乙女の気持として、そんなことは出来ないらしかった。今、その顔は全く血の気を失い、両腕にぐるぐると包帯が巻いてある。そのぼろぼろに焼け焦げた作業服を見て、一体何がおこったのか、訳がわからなかった。

彼女は工場でいつもの通り部品の整理をしていると、不意に、パッと光がさし、音がした。そのまま気を失ったらしい。気がつくと、あたりは変にシーンとして静かである。あれほど騒がしかった機械の音、工員の声もしない。僅かに五、六人うろうろしているきりである。だが、少し落着くと、むざんにつぶれた機械や落ちてきた梁が目に入り、その下からうめき声がきこえてくる。細長い室の向うが燃えているのが、影絵のように目にうつる。やっと、これは大変だと気づき、階下へ下りようとしたが、階段がない。あわてて、も一つの階段へ行く。それも真中から下がなくなっている。

どうして下りたか。鉄やコンクリートの上を乗りこえて外へいそぐ。「たすけて。たすけて。目が見えない」顔見知りの女の事務員がよろよろと出てくる。足もとには、一人の工員が落ちてきた鉄に手をはさまれて、もがいている。見捨てて行くに忍びないが、火の手が近づく。先程から腕から何かぶらさがっていて気持が悪いので、見ると、皮膚がすっかり焼けただれて、ぺろりとむけている。歩くのに邪魔になるので、むしりとって捨てる。やっと工場の門を出る。うちへ帰りたい、しかし、その方向はすっかり火の海で、くぐって行けそうにない。どうしよう。そこへ同じ勤労動員の学生二人が出てきた。「おい、何をぐずぐずしとる。行こう」と、両方からかかえるようにして、反対の方へひっぱって行く。家も電柱もありとあらゆるものすべて倒れて、その上を火がなめてゆく。火が迫る家の下から「たすけてくれ」ときこえる。「よし」と、二人の学生は走ってゆく。

再び一人となって、自分の学校にたどりつくまでには、十五才の少女にとって、身の毛もよだつ苦しみを、いくつも通らねばならなかった。

三

娘を妻の実家にあずけて、私は暗くなってからうちへ向った。午前十一時から燃えつづけた火災は、夜に入ってもえんえんと空をこがしている。焔は、今は旧市街をなめていて、それを冒して通ることは、おぼつかない。仕方なく、西山の奥から山越えして遠まわりすることにした。三里近くの道のりである。

西山から本原へ出る峠に立つと、昼間ならゆるやかなスロープに沿うて、赤レンガの神学校、天主堂のドーム、平地には広い敷地と建物に似合わず、ひっそりと静まった精密工場と、川と、ぎっしり詰った人家が見える。遙か向うの山のふもとには、城山の市営住宅が行儀よく並んでいる。こんなおおらかな浦上風景が展けていて、中でも私の家は、城山の一ばん奥にあり、安全地帯にあると思っていた。この夜も妻の安否を気づかうよりも、私達のことを早く知らせたい気持で、家路を急いだのである。

峠をこえると、月が出て、そぞろ歩きでもしたいようなやわらかい光である。しかし、下りて行くうちに、百姓家が倒れたり焼けおちたりしているのに気づく。神学校はレンガの外壁だけ残って、内部にはまだ火がちろちろしている。だんだん人家の建込んでいた所まで来ると、道路は電線がもつれたり柱がふさいでいて、しまいには、その道もわからなくなり、焼跡をあるく。足があつくて、前にも後にもひけなくなる。畑にとびこんで、大体の見当で進む。どこからともなく、一人の男がふらふらと出てきた。「助けて下さい」歩くのが難儀らしい。「すみませんが、私は急いでいますから」「いいえ、工業学校の運動場までで結構ですから連れていって下さい。お願いします。私は医者で、人を助けねばならぬ身が、はずかしいことです」私はその人の肩をささえて、連れて行き、そっと坐らせた。また畑の中をあるく。暗い闇のそこここから、私の足音を聞きつけて、助けて、水を呉れ、と訴える声がきこえる。

畑から川の中に入り、岸をあるき、又川に入りして、やっと市営住宅にたどりつく。ここばかりは安全な地区と思いこんでいただけに、同じような焼野原になっているのに呆然となる。一ばん奥に八幡様の小さな丘が見えるが、森も社もなくなっている。そこの前が私の家なので、丘を目当てに近づく。不思議なことに、うちの手前二、三軒の所から焼けのこって、うずたかく倒れかさなっている。あたりに人の気はない。ただ皎々と月が照っているばかりである。妻や子はどこにいるのだろう。この倒れた家の下に埋まっているのであろうか。

四

倒れた家の前に立って、妻と子の名をよぶ。何のこたえもない。私の声は月光の中に消えるばかり。しばらく、ぼんやりたたずむ。思いついて、近くに誰かいないか探しに行く。暗い所に四五人かたまっているのに近よって聞く。誰も知らない。この人たちも私と同じく街から帰って来たものらしい。又家にもどって名をよぶ。こたえがない。仕方なく石にこしかけて、じっとしている。

かすかに声がきこえる。耳をすます。たしかにきこえる。「おお、今行くぞ」声をたよりに、材木をこえ瓦をふんで近づく。声は私の家の下からではなかった。倒れた塀の向う、お隣からである。御主人が出征して、奥さんと子供二人の家庭である。「ここの柱をはずしてえ」奥さんらしい声をたよりに材木を動かしかかる。土や瓦がごそごそと落ちこむ音がする。声が弱ってくるようである。「おじさん助けてえ」幼い女の子の声、二人いっしょの声である。木や土のすきまから手を入れたが、とどかない。さっきの人達を呼びに行く。今は危険だから、夜明を待つがよかろう、ということになる。

返事のない私の妻子、これはもうだめであろう。掘り出すにしても、間もなく夜が明けそうだから、しばらくからだを休めようと、庭に掘った壕に入る。横になろうとして足をのばすと、なにやら冷たいものに触れた。思わず「誰だ」と叫ぶと、「海人です」長男の声である。おお、お前は無事だったか。「お母さんはどうした」「僕は縁側で工作をしていて、やられました。下敷になったけれど、やっと這出して、それからお母さんを探して廻りました。見つからないので、ここで寝ています」中学の一年生である彼は、陣地構築の翌日で、学校は休みで、うちにいたのだった。家々が燃えさかり焼けつくす中を、母と弟妹を探して廻り、探しあぐねて暗い闇の中にひとり寝ていたのである。「けがはなかったか」「少しやけどしました。大したことはありません。ただ、友達と二人で此の壕にあったイワシのカン詰をたべたら、吐いたり下したりしました」

「そうか、傷は軽いんだね。姉さんも助かって矢の平にいる。お母さん達がどうなったかわからないが、これから残った三人で戦うのだ。さあ、今夜はおやすみ」

私もくたくたに疲れていたので、うとうととしながら、いく度も下痢をもよおす海人を扶けて、壕の外に出た。月の下の荒寥たる風景が目に痛い。妻と宏人、由紀子の生死は果してどうであろうか。

五

眠られぬままに、短夜があける。白日の下にあらためて見る惨状。昨日まで碁盤の目のように整然とならんでいた家々、その中に住む人々は、跡形もなく消え失せて、そこにはうっすらと霧が立ちこめている。さながら太古の荒野だ。

海人の火傷は思いの外ひどい。両腕から背中いっぱいにひろがっている。これで助かるだろうか。早く手当を受けさせたい。こんな時すぐ伸びてくるものと思っていた救護の手は来ない。わずかに、しばらくして、田舎から駆けつけたらしい警防団のハッピを着た男数名が、バケツに入った白い液を、筆であわただしく傷にぬりつけて、通り過ぎただけである。海人は、痛いとも感じないのか、黙ったまま塗ってもらうと、又壕の中によこたわった。

「お宅の奥さんは此の先にいますよ」誰かが声をかけた。ハッとして、急いでその方へ行くと、そこは家から十間と離れないところで、しかし、堆積物で簡単に行けない横道の、狭い草原の上にいた。顔から腕、足と焼けただれて、横たわっている。そのそばに二男宏人と二女由紀子をひきよせているが、これは明らかに死んでいる。

妻はぼんやりと私を見るような眼をしていたけれども、名をよんで、はじめて「あ、あなた」と気がついた様子である。昨日は奥の農家に買出しに行くつもりで、由紀子を負い、宏人の手をひいて家を出た。出るとすぐ、やられた。そのまま草の上に、三人かたまって倒れて、すぐ近くの家が焼けても、動けなかった。そのうち、宏人は、吹き倒されたはずみに、下駄をなくした位で傷一つないのに、容態がおかしくなり、夕方ごろは、木の枝をしゃぶりながら、「うまかとばい、さとうきびばい」と、繰返すようになった。四才のこの子は、戦争中に生れてキャラメルの味も知らず、一度買ってもらった砂糖きびの味をおぼえていたのであろう。さもうまそうに、木の枝をしゃぶりながら、息を引きとったという。生後七ヶ月の由紀子は、額に穴をあけられた。しかし、今朝息が切れるまで、割合に機嫌よく、母親の乳にすがっていたという。こんな話をとぎれとぎれにする妻は、全く無感動な顔色であった。

妻を壕の中に連れて行き、二人の子の死体は、地べたに置く。壕がせまいので、そうしておくより仕方がない。死体に暑い日が照りつける。蠅がむらがってくる。昆虫は死ななかったと見えて、赤トンボも一面に群れとんでいる。日が高くなって、ひもじい。妻と長男にも何か食べさせねばならない。救護の手はどこからも現れない。やっと焼跡でおかゆを炊いている人を見つけたので、焼跡から柄のとれたヒシャクを拾って、一杯のかゆを貰う。しかし二人とも食慾がなく、しきりに水を欲しがる。

海人も昼頃から悪化した。じっと寝て居れないらしく、起きて坐る。又寝る。起きる。指で何かを規則正しくたたくような動作をしつつ、うわ言をいう。学校の作業の話をする。足が冷たい。手でさすったり、シャツで包んでやったりしても、だんだん冷えてくる。絶望か。生れつき快活で、誰からも可愛がられ、町内の小さい子供達から、したわれていた海人。この春中学に入学してから、めきめきと逞ましい身体つきになり、私の大きな望みをかけていた海人。

ああ、失いたくない。

水を欲しがるので、さがしに行く。水道はこわれ、井戸は埋っている。時には死体が浮いている。末期の水になると思い、ずっと田んぼの奥の方まで行って汲む。戻ると、海人は入口の方へ這いだして、妻のそばに来ていた。そして、にっこり笑っていると思ったら、すでにこときれていた。水は間に合わなかった。

この間も、妻はこんこんと眠っている。海人もそのままそばに寝せておく。せめて今晩一夜は母のそばに置いてやりたい。哀しい一日がくれて、月が出て、壕の中の妻の顔をてらし、長男の顔をてらす。壕の外にも、月の光をあびて、二人の子が横たわっている。

六

　再び朝となる。海人を外に運び出して、きょうだい三人並べておく。ここは庭を南瓜畑にして、朝々、花を受精させるなど、海人が丹精こめていた所。今は瓦や柱のすき間に、三人頭をならべる。向うには、あの夜私が救い出そうとした裏の奥さんと二人の子供が、誰の手で掘出されたか、悲しいむくろとなっている。

　付近の焼跡に隣組の人達が共同生活をはじめた。当時自宅にいた者で生きているのは、私の妻一人で、他の人は皆、家と共に焼けてしまうか、下敷になって死んだのだ。

　勤先などから帰ってきた男達は、壕の中に貯えた米をたき、畑から南瓜を拾って煮たりして、家族の掘出しをつづけている。

　私は腹がすくと、そこへ行って食をもらい、妻の所へもどる。今日陸軍の救護班が来て、丘の上にテントを張った。だが、負傷者がいっぱい群って、とても巡回に下りて来そうにない。連れて行こうにも、妻は非常に弱っていて、とめどなく下痢をする。その度に、起して抱きかかえると、非常に苦しがるので、ついに巡回を頼みに行く。

途中、まだ死体がごろごろしている。黒焦げで顔の見分けがつかない。暑さで膨れ上っている。救護班は混んでいたが、無理に頼んだ。しかし、油をぬり天花粉をふるきりで、ホータイも巻かない。益々心細くなるだけだ。

子供達の始末もしなければならない。炎天に放ってあるので、すっかり腐れて臭い。蠅は顔や手足にむらがってわーんと音をたてる。しっかり目に食い入っているのもある。折よく勤先から同僚が三人、何か役に立ちたいと来てくれたので、さっそく焼くことにする。まず焼けのこりの材木を拾ってきて、台を組み、その上に子を置く。海人を中に、右左に弟と妹をならべる。生前よくきょうだいの面倒を見た兄が、幼い二人の手をひいて、あの世へ旅立つ姿である。海人には、家の下からのぞいていた姉のゆかたをひっぱり出して着せ、偶然とび散っていた学校のズボン、「一の六松尾」という布を縫いつけてあるのを、胸の上にのせる。宏人と由紀子にもそれぞれ布切を見つけてのせてやり、せめてもの心遣りとする。

用意がととのうと、私は頭の所にうずくまって、礼をとり、火をつける。乾ききった木は、すぐに火を引き、燃え上る。炎天の下、風は風をよんで、どんどん燃えさかる。

三人の子は忽ちにして火中となる。

ここに至って、すっかり精根つきた私は、どかりと腰を下ろし、同僚からタバコを一本もらって火をつける。何日ぶりかのタバコをふかぶかと吸いながら、今や火がうつって、焼けはじめた子供達の姿をじっと見つめた。

七

昨夜は妻に添寝しながら、星の下で骨になっている子のことを想うた。妻は全然食欲がなく、下痢がつづく。うつらうつらと眠って、衰えて行く。目をさますと、乳が張って苦しい、吸うてくれ、と頼む。そっと手で押してみたが、よく出ない。思い切って、吸う。あまい汁が出てくる。骨になっている子のかわりに吸う乳の味。

夜が白むと共に骨を拾う。トタン板を下に敷いておいたのでみんなそれに溜っている。兄の骨と、右左にそれと判る小さな骨。由紀子の骨は花びらのように美しい。焼跡を探しまわって、生花の壺を拾い、三人いっしょにおさめる。それを、そっと妻の枕もとに置く。

掘出しをしている隣組の人達も減ってきた。隣の古賀さんは三菱造船の工場長で、奥さんと二人きりの暮しだった。その奥さんの消息がわからない。家の下敷になっているかと、造船所から人夫を連れてきて、材木を一本一本片付けたが、ついに発見できなかった。向う角の木野さんは、奥さんと子供二人の家族で、うちの宏人と同じ年頃の坊ちゃんがいた。この家は焼けたので、骨を掘るだけであるが、うずたかい土や灰の中から探すのは容易でなかった。「警報が解けて、うちに戻って、ホッとした所だったのでしょうね。骨は、茶の間に親子三人がまるく坐ったような位置でしたよ。」木野さんは、土中から無疵で出てきた抹茶の茶わんをなでながら、こう語った。そしてどこかへ行ってしまった。

ここは世界の外の世界である。戦争からも見放された地獄である。敵機は通っても投弾しない。すべき目標もない。ここに辛うじて生きている人は、無表情にそれを眺める。時間の観念もない。日が入れば夜と思い、明るくなれば朝と思う。最近たべた食事がいつであったかも記憶がはっきりしない。

此処に、このままいつまでいても、どこからも救いは来そうにない。被害のない市の中心へ移れば、よい手当が受けられるかも知れない。向うには妻の両親、中にも可愛がってくれたお祖母さんが居られる。それにも会わしてやりたい。ただ、そのからだを動かすことが不安であるけれども、幸い隣組の鉄の輪のリヤカアが残っているので、あれで運ぶことができる。私は月の光にその顔を見守りながら、もう乳を吸うてくれと言わぬおとろえや、枕もとの骨壺が目に入っても、何にも言わぬなげきを、しみじみ身に感じて、明日こそ、この地獄から連れ出して、あたたかい肉親のふところに戻してやろうと決心した。

八

朝早く出発した。リヤカアに、家の下から引出したぼろを敷き、震動を少なくする。妻のきげんはよろしい。すでに四日を経て、道路もやっと車が通れる位には整理されている。はじめて見る惨状の全貌におどろく。城山から川をわたって、被害の中心と思われる地域に入る。目撃者の談によると、敵機二機があらわれて、去ったと思うと、そのあとに落下傘が残されていた。不思議に思って見ていると、それがゆらりゆらりと風にながされて、地上五百米位の所まで下りてきた時、突如ピカリとさくれつしたそうである。このあたりまで来ると、完全燃焼というのだろうか、土、石、鉄をのぞいて、一物ものこっていない。唯、空地らしいところや、コンクリートのかげなどに、黒こげの死体がころがっているのが、いたましい。子供が、まるでレンズで焼かれた蟻のように、手足をちぢめている。牛や馬はいやが上にも、ふくれ上っている。

片足で立っている石の鳥居、中途からひん曲っている鉄筋コンクリートの煙突、鉄骨が針金のようにもつれている工場の建物など、珍らしく見ながら、しだいに旧市内へ近づく。ここはまだ空襲警報たけなわで、その物々しさが、却って異様に感ぜられた。やれ警報だ退避だ、とさわいでいる。その中を、どうせ死ぬなら夫婦諸共、何の心残りもないと、ゆっくりとリヤカアをひいて行く。

ついに、通行禁止にあう。リヤカアを道ばたに片寄せて、解除になるまでの実に長い時間、病院や救護所に問合せてみたが全く要領を得ない。妻は、気分はよいけれども、下痢がやまない。聞くと「大丈夫」とこたえるが、なんだか甘えたような口をきくので、よく見ると、唇がめくれて歯がのぞいていた。矢の平の家に着いた時には、永い日も暗くなっていた。妻は、皆に会えた嬉しさと、長い道中を揺られてきた疲れで、安らかに眠ってくれた。連れてきた甲斐があった、手当さえよければ助かるであろうと、私もホッとして、久しぶりに畳の上にながながと寝た。

夜中頃、妻に起される。「あなた、あしたお醤油の配給がありますから、取りに行って下さい。通帳はタンスの抽出にありますから。」醤油、タンス、配給所、つぶれた家、あの辺一帯の町が目にうかぶ。妻は頭が変になったのだろうか、それとも唯のうわ言だろうか。また「折角ゆっくり寝ようと思ったのに、隣組の奥さん達が来て、皆畑に坐っていて、私を誘い出そうとします。」と起上って蚊帳から出ようとする。「あなた一人生き残ってしまってしあわせだ、おっしゃるけれど、私だって、宏ちゃんも死にました、由紀子も死にました、海人も死にました。」と、しんみりと、隣組の夫人達に挨拶している様子である。かと思うと、「あなた、隣組のリヤカアを誰かよその人が持って行きました。あれはにせ者ですから、早く取戻して来て下さい。」今日運ばれてきたリヤカアが、隣組のものであることを、気の弱い彼女は気がかりに思っているのだ。

九

妻の意識は、朝になると、ふだんとかわらず、気分もよい。早くリヤカアを返してくれ、と言う。隣組は全滅し、リヤカアを返すあてもない訳であるが、向うには子供達の骨壺を残していることでもあるし、かたがた、再び矢ノ平から城山へリヤカアをひいてゆく。もう焼跡の人影もまばらになり、うちの近くでも二、三人残って家の跡片付をしている程度である。私も少し家の跡を整理しようと、取りかかってみたが、一切が柱やハリや瓦の下であり、その上に隣の二階がとんで来て、のっかっているので、手がつけられない。日は堪えがたく暑く、心身共に疲労して、何をする力もなくなり、今夜はいっそ此の壕に泊ろうかと考えた。

そこへK君が来た。私達は三ヶ月前強制疎開でここへ移ってきたので、それまでは紺屋町に住んでいた。K君はその近所の青年で、長男を心から愛してくれた。召集されて市外の陣地にいたが、「弟の骨を拾ってくる。」と言って、休暇をとって来た。我子をそのように思ってくれる人があることがうれしく、乞われるままに、子の骨一片を分けてあげる。

道連れができたので、骨壺を抱いて帰る。一歩玄関に入ると、義妹がとんで出て、「何をしていたのです。姉さんが悪いですよ。」と言う。私は妻を一目見て、とうとう気が狂ったかと、胸をつかれた。夕方のかすかな光の中で、傍に寄っていった私を、非常に強い力で引き寄せ、抱きしめ、何かかきくどく。恰も由紀子か宏人を抱くかのように。

昼までは上機嫌だったのに、急に悪くなったそうである。トマトが欲しいというので、あたえると、一つ別に取りのけて「これは宏ちゃんの」といい、ちょっところがるとあわてて膝の下にかくしたそうである。九日以来ここに寝ている長女が、枕もとに来て、お母さん、と言っても、もう判らなくなり、何かくどくどと、ひとりしゃべっていたという。

このような状態が静まったのを見て、横にねかすと、やがて寝息を立てはじめた。

足が冷たいので、ふとんを着せ、時々寝息をうかがう。しずかな息づかいである。
こうして様子をうかがっている中に、ついに息をしていないことが分った。夜九時である。嫁いできた時が十八才、それから連れ添うこと十八年。ながい間しゅうとに仕えて苦労した揚句、近年ようやく一家の主婦となって、ほんとうの生活も幸福もこれからであった。あれを思い、これを思い、涙がとめどなく流れる。その夜は添寝する。

十

ついに妻と三児をうしなった。今日は妻を焼かねばならない。さて、どこで焼けばよかろう。警察が出張所を設けていると聞いて、そこへ行って見る。なにもかも失った身は、あるくにも何か頼りなく、ふわふわと糸の切れた凧みたいである。青空が目にいたい。新大工町の電車道路にテントを張り、机をおいて受付けていた。近くの小学校の校庭で火葬に付してよいと言い、四枚の爆死証明書を呉れる。チャンと印刷してある用紙に、姓名と生年月日を書き入れ、記載事項は「昭和二十年八月九日爆死」

とし、ペタリとハンコを捺して呉れた。至極簡単である。これで役所は処理済とするのであろう。

妻の父と私とでタンカをかつぎ、義妹がつきそう。昨日のK君も後から来る。学校に行くと、穴を掘って焼いた跡があり、白い骨がちらばっている。運動場の片隅に場所を定め、疎開家屋の古材が積んであるのを引抜いてきて、組上げる。さきに子を焼いた経験が物を言って、いろいろ指図が出来るのも、悲しいことである。

校庭の塀外の民家でラジオが鳴るのを聞くと、重大放送があると予告している。私は九日以来新聞を見ずラジオも聞かず、それこそ風のたよりにソ連の参戦を知った程度で、それも何か遠い話のようで、心に留まっていなかった。今日の重大放送というのは対ソ宣戦布告だろう、と誰かが言うので、そうだろうと思っていた。

いよいよ木組を終り、その上に妻の遺体をのせ、更に木を積み、火をつける。すぐに、えんえんと燃え上がる。

そのとき君ヶ代がきこえた。しかし、その後のラジオは雑音で何を言っているか、さっぱり判らない。暫く後、数人の人が校門を入って来たので、何の放送かとたずねると、日本の降伏だという。私達は耳をうたがい、そんなことがあるものか、となじるように言うと、いや間違いない、と答える。涙がポタポタ落ちてくる。今になって降伏とは何事か。妻は、子は、一体何のために死んだのか。彼等は犬死ではないか。なぜ降伏するなら、もっと早くしなかったか。今度の爆弾で自分達の命があぶなくなったから、降伏したのではないか。そこへ別の一団が入って来た。放送は雑音で結局要領を得ない。対ソ宣戦だろうという。多分そうだろうと、いくらか心が落着く。

暑くてたまらない。K君が汲んできた水をがぶがぶ呑む。やがて妻のからだに火がついて、焼けて行く。体格がよいので時間がかかり、木も足りない。かついできては、さし加え、焼けのこっているところを、つついて焼く。木をさしくべて、水をのんでは、草の上にひっくりかえる。飛行機が近々と低空を通りすぎる。

ようやくにして、焼上る。水をかけるが、なかなか冷えない。あつい灰の中から骨を拾う。壺は、妻の父があたらしい植木鉢を下さったので、それに、子供達三人分よりも多い骨を、ゆさぶりゆさぶりして、おさめる。おわった時は、日も大分かたむいていた。

植木鉢を抱いて戻る。そのぬくもりが胸につたわり、胸をつきあげてくる。こらえこらえていた悲しみが、急に堪えがたくなり、うおっと、わめいて駈けだしたいのを、じっと歯を食いしばって押える。

家へ帰りつくと、植木鉢を白い布で巻き、子供達の壺とならべて、床の間に安置した。

日本降伏は事実であった。

あとがき

昭和二十年八月九日被爆、妻と三児を失い、重傷の長女と共に、矢ノ平の妻の実家に世話になった。そこは爆心地から遠かったけれども、爆風のため屋根などかなり傷んでいた。この年は台風が多く雨漏りがひどかったので、日夜寝たきりの娘のふとんの上にはアンペラをかぶせ、顔には傘をさしかけて置かねばならなかった。その上、停電が続いたので、皿に種油を入れ、古綿をひねって芯として、暗い灯をともした。娘の傷は両手両腕のヤケドがひどく、日がたつにつれて皮膚が腐れて、いちめんに緑色のウミがこびりついていた。肘のところでは白い骨が見えた。しかし医者も病院も自宅で養生中の者には手が及ばなかったので、手当としては、別居していた祖父が毎日来て、硼酸軟膏を塗ってくれるのを、頼りにするほかはなかった。それでも、毎日根気よく塗っているうちに、しだいにウミがとまり、傷が乾いてきて、十一月末になると、ようやく肉が固まってきた。もちろん皮膚は無くなっていて、テカテカ光る肉のまま、固まったのである。腕はまがらず、手の指は動かなくなっていた。腕は練習によっていくらか曲り、指は昭和二十二年佐世保の病院で手術して、太腿から手の甲へ皮膚を移植して、やや自由を得たけれども、顔面のケロイドと腕の火傷のあとは永久に消えない。

当時最悪の食糧事情の下で、瀕死の娘が、どうにか体力を回復したのは、毎朝欠かさず呑んだ新鮮な牛乳のおかげと思う。入手困難な牛乳を求めるために、朝早くから牧場に並んでくれたのはK君であった。大変な苦労だったと思う。彼のことは「爆死証明書」にも書いたが、その献身的行為にはただただ頭が下るばかりであった。

日夜生死の間をさまよう長女を看護しながら、私は八月九日にはじまる日記を書きはじめた。かかる重要な時期に職務を放棄したというので、勤先は首になっていた。死にかかっている子を離れる訳に行かなかったから、人の非運に追討ちをかける此の処置には悲憤の涙がこぼれた。日記をつけることは、このみじめな気持を救ってくれた。被爆以来のきびしい現実に直面し、内省することによって、再び生きる力を取り戻したのである。また、この日記は、後に俳句や手記を書くときの、いわば原点となった。今でも読みかえすと、その生々しさに、我ながら驚くのである。

　昭和二十年十一月末、私たちは佐世保市外、佐々町の木場に移った。ここは私の出生地だが、幼いときに長崎に貰われて来たので、知り合いは少ない。戦後二人の兄が帰郷して、私にも来るようにすすめたのだ。私は少しの畑を分けてもらって、この山村で一生を終ってもいい、と考えた。（これがあまい考えであることは直ぐわかった。）翌年になると、娘の在籍校から、出席日数が足らないから、登校しないと進級させない、と通知してきた。工場に学徒動員中に被爆して養生中なのに、むごいことを言うものであった。娘は手が利かないまま、決然として長崎の学校へ行った。

　一人のこされた私は、農家の納屋の二階にこもって、俳句の推敲に気をまぎらした。私の俳句は、昭和初頭より荻原井泉水に師事、精進してきた自由律俳句である。先輩に尾崎放哉、種田山頭火がいる。私は俳句を激動する時代の心の支えとし、戦争の緊張の中にも平和な家庭をきずいていた。

管制の微かな灯があかんぼの上、涼しくしている
たしかにものの芽ぶく夜のあめサーチライト

これらの大切なものが原爆のため一瞬に消滅した。

ことされし子をそばに、木も家もなく明けてくる

私の句は未練、執着、愚痴の繰返しになり、そこから脱け出すことができなかった。又、脱け出そうとも思わなかった。

原爆の句が出来上った。私はまず、運命を共にした長崎の人々に見てもらいたかったので、戦前からあった「長崎文学」に原稿を送った。しかし、間もなく返送されて来た。田舎に住んでいた私には事情がよく判らなかった。

のち、昭和三十年に発行された「句集長崎」の序文を見て、はじめて、当時私の俳句が占領軍当局によって発表を禁止されたことを知った。「句集長崎」は七二五人、

二二〇〇句を収録したアンソロジーで、これによって私の句は一般に知られ、今日に至るまで屢々他誌に転載、引用されている。

当然のことだが、俳句原稿は師の斧正を受けるべく、自由律俳句の機関誌「層雲」へ送ってあった。ここでは占領軍の検閲はなかったが、印刷事情きゅうくつのため、同年おそく、十二月の冬季号に「原子ばくだんの跡」と題して掲載された。やっと日の目を見た訳である。

昭和二十三年再婚。娘も結婚した。これより先、私は山村の生活に自信を失い、佐世保に出て高等学校に奉職していた。しかし、心の痛手を癒して、新しい生活に入るには、被爆地を遠く離れるに如かず、と考え、幸いつてがあって、長野県の高等学校に転任した。そして、じっさい、風土、人情の全く異なる信州に来てみると、亡き子達はどこか遠い、知らぬ土地に元気で暮しているような錯覚を抱くのであった。仏としてまつり、朝夕拝んで、おろそかに思っているのではないけれども、なにか切実でないのだ。

今考えると、奇異な感じがするが、思うに、新しい環境にとびこんだ私は、それに同化するのにいっしょうけんめいで、目が外に向っていたのだ。俳句にしても、信濃の国の風物に魅せられて、数多くの作品を得たけれども、子をおもう句はほとんど生れなかった。本書「原爆句抄」を編むにあたり、慚愧の念がひしひしと胸に迫り、子にすまないと思う一方、自分が哀れに思えてならない。

しかし、原爆に関しては多少の仕事をした。長野県では原爆の悲惨な状況がよく知られていなかったので、新聞や放送を通じて、実状を訴えた。昭和二十五年には、当時東京から出ていた「俳句往来」の需めに応じて、本書に収めた「爆死証明書」を書いた。さらに、これに手を加えたものが、中央公論（三十一年八月号）に掲載された同名の手記である。

第一回の原水爆禁止世界大会が開かれたのは、昭和三十年であった。これを機にして、長野県にも原水協が組織され、そのあっせんで被爆者の会を作ることになった。ところが、同県には被爆者が少ない上に名乗り出ないのである。全国に先がけて無料検診を実施して、やっと三十四名を探し出し、会を結成した。会長に選ばれた私は、鋭意、農山村に潜む被爆者の発見に努力した。聞けば、現在では、会員一五〇名、小規模ながら全国でも有力な団体として活動している。

昭和三十六年、定年退職となって、長崎へ帰る。

「信州にいるときは、子供たちは生きておって、遠くで暮しているのだけれども、なかなか逢えないのだ、つまり、子供たちは長崎に居るんだ、そんな風に空想して、自分で自分を慰めることが出来たのですね。ところが、長崎に帰ってからは、その呪文がきかなくなった訳です。子供たちは長崎にいなかったのです。そのかわり、彼等は私の胸の中に移って来て、住みついたかっこうになりました。」

長崎放送が、昭和四十五年度芸術祭参加作品として製作し、優秀賞を得たラジオ・ドキュメンタリー「子のゆきし日の暑さ」は、題名が示す通り、私のモノローグを主にしたものであった。その中に私は右のように述べた。

じっさい、長崎にもどると、久しく別れていた子供達にめぐり会ったようなものであった。もう彼らは私から離れていないで、私の胸の中に住みつき、どこへ行くにもいっしょであった。対話がはじまった。対話から俳句が生れてきた。

私には子をおもう句が多い。子を失った人は私ばかりでなく、私以上のものを失った人も多いから、あまりに子に執着する私をわらう人もあろう。しかし、私の気持はただの子煩悩ではないつもりだ。「子のゆきし日の暑さ」の中で私はこう言った。

「あの時、実に沢山の子供の死体を見ました。丸裸で、手足をちぢめて、道ばたにごろごろころがっている。……実にかわいそうだなあということを感じたのが、深くこびりついていると思います。少くとも大人には死ぬわけが、理由が、わかっておった訳です。ところが子供には何のことやら全然わからなかったと思います。

そういうのを殺した大人たちというものは、よほど……考えなければならない、そう思うわけです。」

ながい間短歌、俳句に精進してきた人が自分の家集をもちたいと思うのは、自然の情である。私とて例外ではないが、現在の境遇ではとても望めないことと諦めていた。

ところが、ふとしたことから、古い教え子の間で、私の句集を作ろうという議が起った。私のながい一生で、これほどありがたい、うれしい思いをしたことはなかった。むかし彼等に何一つ師らしいことをしなかった私としては、心苦しいことであるけれども、人生のたそがれを迎え、しかも、病に冒されて心弱くなった今は、敢てその好意に甘えることにした。

本書掲載の句を原爆にかかわるもの二〇〇句に限ったのは、運命を共にした長崎の人々に捧げたい気持からである。また、手記を併せおさめたのは、これが私の今生における必死懸命の時間の記録で、捨て去るに忍びなかったからである。

昭和四十七（一九七二）年八月九日　長崎原爆病院にて

松尾　あつゆき

復刊によせて

「あつゆきさんとの思い出を聞かせて下さい」
「おじいさんはどんな人でしたか」

拙宅へ取材に来られる記者たちが必ずと言っていいほど口にする質問である。祖父は私が三歳の頃に長野から長崎に帰って来て同じ市内に暮らしてはいたが、彼とのことは月に一度の墓参と、中学・高校の頃に勉強を教わっていたことくらいしか記憶になく、単に先生と生徒のような関係だった。だから「祖父は物静かで朴訥と話をする人でした」「いかにも学者然としていました」などと答えるほかはない。何とも要領を得ない返事で、記者たちはいつも苦笑いして帰っていく。

また、私は祖父が笑うのを見たことがない。もしかすると私だけにそういう態度で接していたのかと思い、つい最近姉と弟にも聞いてみた。すると彼らも私と全く同じ感想で、笑った顔を見たことはないという答えが返ってきたが、しばらくして姉から「そう言えば、中学生の時に眼鏡屋さんに連れて行ってもらったけど、その時には笑ったような……」とわざわざ電話があった。それほど笑うのが珍しい人だった。

今となっては彼の心情は想像するしかないが、祖父は笑わなかったのではなく、笑ってはいけないと思っていたのではないだろうか。彼が遺した日記には原爆前のことも綴られており、そこからは愛する妻と四人の子どもたちに囲まれた子煩悩な祖父の姿が窺われる。それを一発の原子爆弾が奪ってしまったのだ。祖父は、何の理由もなく訳も分からず死なざるを得なかった妻子に申し訳ない気持ちで、自分だけ笑って過ごすことは許せなかったのだろう。

生活も性格も変えてしまう原子爆弾、戦争は二度と起こさせてはならない。祖父は被爆の惨状とその後の困窮した暮らしを知ってもらうために「原爆句抄」を遺した。

初版『原爆句抄』（非売品）は一九七二年に祖父の教え子の浄財により発刊され、それが好評だったため、被爆三十年にあたる一九七五年に『原爆句抄』（文化評論出版）を出版した。そのとき昭和四十八年以降の二十句を追加。だが残念ながらそれから四十年経った現在は絶版となり、読んでみたいという声になかなか応えることができない状態が続いている。

そこで被爆七十年を機に『原爆句抄』を復刊することにした。

全文にわたってほぼ原文通りに収載したが、ごく一部明らかな誤字は訂正した。旧字体も原文のままとした。その方が当時の様子が伝わると思ったからである。

復刊にあたり、全俳句を発表時に遡って確認作業を行った。その際に気づいたことを記しておく。

かぜ、子らに火をつけてたばこ一本

の句については、発表時には

かぜ、子らに火をつけてたばこいっぽんもろうて

であったのだが、初版『原爆句抄』の原稿にあつゆき自身が「もろうて」を削除した形跡が見られる。

また、

なにもかもなくした手に四まいの爆死証明

の句においては、一部「四枚」と漢字表記されているものもあるが、あつゆき自身は「四まい」とかな表記で発表していることをつけ加えておきたい。

今回の復刊『原爆句抄』掲載の句を決定稿とする。

私にも二人の娘がおり長女は国際結婚し孫が生まれた。ますます世界の恒久平和を願う思いは強くなるばかりである。すべての子どもたちが安心して安全に暮らせる世界の実現のために、多くの人に『原爆句抄』を読んでもらいたい。

『原爆句抄』の復刊にあたり、作家の重松清さんには推薦文を頂戴した。重松さんは五年程前に拙宅にお越しくださり、あつゆきの日記を読んでテレビなどでご紹介いただいた。また、荻原海一氏には荻原井泉水先生の「序にかえて」の再使用について、版画家の小崎侃さんには版画の掲載について、いずれもご快諾いただいた。さらに、時間が切迫した中での復刊作業について、テレビ長崎の橋場紀子さん、書肆侃侃房の田島安江さんには大変お世話になった。

無事に復刊できましたのも右記の方々のおかげであり感謝に堪えません。この場を借りて厚くお礼申しあげます。

二〇一五年二月

平田　周

英語教員だったあつゆき（昭和30年ごろ）

昭和17年ごろの家族写真
（前列中央左があつゆき、隣りに妻・千代子、
右端は長男・海人、後列右は長女・みち子）

■著者略歴

松尾 あつゆき（まつお・あつゆき）

1904～1983年。

本名、敦之。長崎県北松浦郡生まれ。長崎高等商業学校卒業後、英語教師となる。在学中より自由律俳句に傾倒し「層雲」に入門。1942年「層雲賞」受賞。1945年8月9日、原爆で妻と三児を失う。1972年俳句と手記を収めた『原爆句抄』上梓。

表紙題字　荻原 井泉水
カバー装画　小﨑 侃

原爆句抄　魂からしみ出る涙

二〇一五年三月二十日　第一刷発行

著　者　松尾 あつゆき
編　者　平田 周
発行者　田島 安江
発行所　書肆侃侃房（しょしかんかんぼう）
〒八一〇-〇〇四一
福岡市中央区大名二-八-十八-五〇一（システムクリエート内）
TEL 〇九二-七三五-二八〇二　FAX 〇九二-七三五-二七九二
http://www.kankanbou.com　info@kankanbou.com

装丁・DTP　黒木 留実（書肆侃侃房）
印刷・製本　株式会社インテックス福岡

©Atsuyuki Matsuo 2015 Printed in Japan

ISBN978-4-86385-177-1 C0095

落丁・乱丁本は送料小社負担にてお取り替え致します。

本書の一部または全部の複写（コピー）・複製・転訳載および磁気などの記録媒体への入力などは、著作権法上での例外を除き、禁じます。